The Most Beautiful Poem

제1부 The Most Beautiful Poem

이슬이여,
그대의 심성만큼이나 맑고 투명하여라

Mother Dew & Baby Dew

엄마이슬 아가이슬

아가야
넌 날
참으로 많이 닮았구나

아니야
엄마가 날
닮았지

까르르 깔깔
하하하 호호

숲속에
웃음 교향곡이
울려 퍼집니다

엄마 가슴 속에
아가 가슴 속에
서로의 형상을
담고서

점심도 되기 전
영원히
사라지겠지만......

Mother Dew & Baby Dew

My baby!
Indeed
you resemble me closely.

No, mommy
You look like me.

KKa rr KKal kkal
Ha Ha Ha ho ho

In the forest,
the symphony of the smile rings out

In the mother's heart,
In the baby's heart
They put each other's figures
in their hearts.

But they are going to disappear
before noon......

아가를 보는 엄마의 눈빛처럼

순수한 것이 없습니다.
지상에서 가장 순수하고
가장 아름다운 당신은 바로 어머니입니다.
어머니 그 자체로 당신은 성공한 삶이며
그 자태 그대로 인류의 여왕이십니다.
존경합니다.

어머니
나의 어머니시여!

진정 아름다운 것은
아가를 보는 엄마의 눈빛입니다.

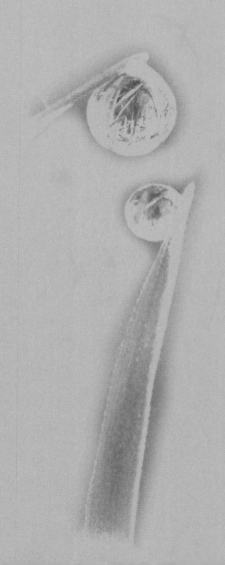

자녀가 하늘로부터 받은 가장 멋진 선물은 어머니이다.

- 에우리피데스

To.

From.

The Happiness of a Day

하루의 행복

아가들아
노래를 부르자
대지 위에 솟아오른
푸른 잎새들아
내 입으로 들어와
내 노래가 되어주렴

아빠가 부른다
룰루랄라
룰루라

아가들아
아가들아
줄지어 노래 부르자

아빠처럼
아빠처럼
노래 부르자

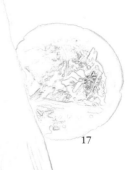

The Happiness of a day

My children:
Let's sing a song.
The green grass that sprouts
on the ground
Come into my mouth
and become my song.

Daddy will sing first:

Lul lu lal al
Lul lu la

My children:
My children:
Let's form a line and sing.

Just like Dad
Just like Dad
Let's sing a song.

아빠 따라 부르는 노래, 행복한 가정입니다

자기 자신을 사랑하는 사람은
아빠를 사랑할 수밖에 없습니다.
거울을 들여다 보세요.
눈 코 입
그리고 입가의 미소
아빠를 닮지 않는 곳이 없지요.
내 모습 속에 아빠가 꼭꼭 숨어 있어요.
아하~

내 인생은 '아까도' '좀 있다'도 아닌
지금 '이 순간' 내가 하고 있는
행동의 연속이다.

사람은 그가 필요로 하는 것을 찾기 위하여
온 세상을 여행하고 집에 돌아와 그것을 찾는다.

— G 무어

The Lake

호수

밤새
호수는

온
몸
쪼개어

거미가 토해놓은
생명줄 위에

알알이
사랑 걸어놓고서

햇볕으로
바람으로

노닥거리다
노닥거리다
......

The Lake

All during the night
the lake splits her whole body
into small circular pieces.
Love, the smallest of dews.

The smallest of dews, love,
on the line of life
which is made by spiders.

They keep playing
all day long
by the sun,
by the wind.

......

호수는 산고의 고통을 이겨내 푸른 풀잎 위에
자신을 알알이 쪼개 놓았나 봅니다.

인간의 모든 죄악과 고통을 씻고 또 씻어
영롱한 이슬로 아침을 찬양합니다.

아침마다 이슬 앞에 서면
모든 악함이 사라져 마음이 한없이 가벼워집니다
두둥실 하늘로 날아오를 듯합니다.

To.

From.

이슬

세파에 흔들리는
모든 욕망을
안으로 안으로
감추어라

푸른 풀잎 위에
오롯이 앉아
아침마다
속삭이는
나의 신부여

The dew

The dew says to me
you have to hide all your desire
into your mind

You are my bride
who whispers
in my ear
every morning
sitting
on the lonely green grass.

The dew

세상 모든 사람들이 이유없이 착하기만 하면 좋겠습니다.
아니 모든 사람들의 가슴 속에는 이슬처럼 영롱하고
착한 마음만 있습니다. 자세히 들여다보면 ... 그렇죠! 그럼요

정직한 사람은 하나님이 창조한 가장 기품이 높은 작품이다.

− H. 포프

To.

From.

OASHASHAK

와샤샥

바람이여!
햇볕이여!

너로 인해 나 만들어졌으나
너로 인해 나 사라질찌니

어찌할꼬
어찌할꼬
......

OASHASHRU

Wind !
Sunlight!

I was made from wind and sunlight
But I will disappear
by wind
and
sunlight also

What can I do?
What can I do?

우린 신이 아닙니다. 영글었던 한 때는 순간 지나 갈 것이고 '와샤
샥' 소리라도 낼 수 있다면... 그리하여 가장 순결하고 영롱한 모습
으로 호숫가를 거닐다가 그 순간이 오면 조용히 바람과 함께 사라
지고 싶습니다. 그저 평안하고 아름다운 미소를 지으며

당신의 모습이 이토록 아름다우므로
제 가슴 속에 영원토록 자리합니다.

평안하게 자유롭게 살고 싶으면
없어도 살 수 있는 것을 멀리하라.
— **톨스토이**

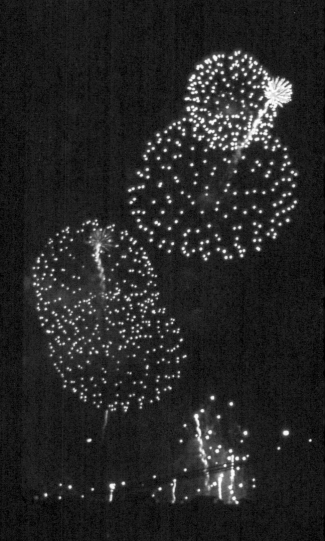

쌔근 쌔근
첫 아기의 성스러운 숨소리가 귀전에
들려옵니다.
신비로움만으로
온 세상이
가득 차 있던 그 순간이 지금도 황홀합니다.

가느다란 선 하나하나가 아이의 숨결마냥
섬세한 생명력이 느껴집니다.

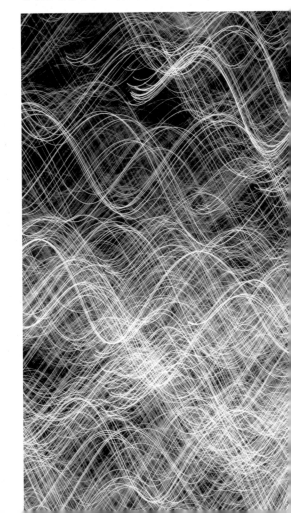

부드럽고 하이얀 아이의 순간순간이
이제 다 큰 숙녀가 되어서도 그 신비로움이
제 주위를 감싸고 돕니다.

눈이 마주칠 때마다 생명의 경이로움에 탄복하며
그 순결함에 넋을 잃고 맙니다.
내 삶의 흔적이
이런 아름다움으로
이 세상에 존재할 수 있음에...

생명

당신을 신비롭게 만드는
당신의 삶은
지금
가느다랗게 내쉬는

당신의
잔잔한
숨소리
뿐
입니다

당신의 삶!
그 자체가 예술입니다. 당신의 무대 위에서...

To.

From.

제**2**부 The Most Beautiful Poem

소중한 나의 분신이여

Wedding

결혼

나는 너를 보고
너는 나를 보고

서로서로
마주보다

우린
하나가 되었습니다.

wedding

I look at you
You look at me

We look at each other
We become one.

인간이 만든 제도 중
가장 성공한 것은
가족이라는 범주이다.

신이 인류에게 준 최고의 선물은 신도 이루지 못한 가정입니다. 엄마가
있고 아빠가 있고 아기가 있고 그 사이사이엔 행복이 있습니다. 누구도
누릴 수 있는 행복은 어떤 조건도 없습니다. 느낄 수만 있다면 어디에나
있습니다.
신은 가족과 함께 행복을 주셨으니 날마다 즐겁고 감사하며 살아가는
것이 진정한 삶이 아니겠나요?

결혼의 성공은 적당한 짝을 찾는데 있는 것이 아니라,
적당한 짝이 되는데 있다.

– 텐드우드

To.

From.

The Three Brothers

삼형제

아하하하하하
어허허허허
이히히히

웃음소리가
동글동글
몽쳐
굴러 갑니다.

당산나무로 달려가다
우물가에 부딪치고
감나무 밑에서
멈춰 섭니다.

가슴 속에서 울려 퍼지는
형님들의 웃음소리
가만히
귀 기우려
들어봅니다.

The three brothers

A peal of laughter
rolls over and over
and round and round.

It rings to the largest tree
in the village
Then it goes to the well.

Finally
it stops
under the persimmon tree.

I am listening to
the sound of my brother's laughter
ringing out
in my wild heart.

형제여!
이름만 불러도
가슴 저리게 그리운이여!

어머니의 성스러운 그루터기 속에서
각자의 몸과 생각을 가지고 나왔지만
그 무엇으로도 떼어 놓을 수 없는 우리는 하나입니다.
웃음소리도 같고 생각도 같고 입맛도 같고...

함께 할 사 늘 즐거운 이들이여!
건강하소서

형제는 자연이 준 최고의 친구이다.

　　　　　　　　　　　　　　　－ 르구베

To.

From.

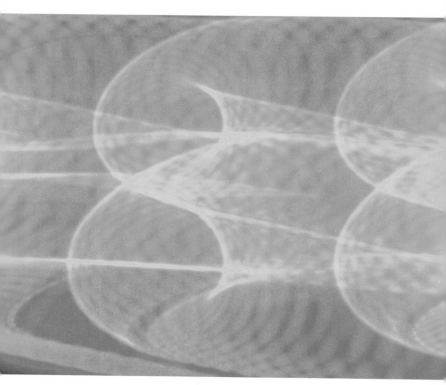

Husband & Wife

부부

너가 되라고
내가 되라고
아웅다웅
소리치는
너와
난

한
우물 속에
빠진
해와 달

Husband & Wife

You tell me
 "You have to be I"

I say to you
 "You have to be I"

I and you are shouting
everytime, everyday.
I am the sun
and
you are only the moon

but All day
we are
In one well.

서로 사랑하여 결혼을 합니다.
하지만 너무나도 다른 삶을 살아왔기에
싸울 수밖에 없습니다.
서로를 이해하고 알아가는 과정에서 오는 불협화음입니다.
불협화음은 화음을 만들기 위한 최상의 조건입니다.
아름다운 싸움 지상의 위대한 승리를 위한 싸움
인격이 완성되어 가는 과정에서의 싸움
그것은 가장 숭고한 싸움입니다.
부부 싸움은 많이 하세요.
그리고서 늘 행복하세요.
사랑스런 아이의 눈동자를 들여다보면서...
너그럽게 싸우는 남편의 넉넉한 가슴이
늘 든든합니다.

서로의 다름을 인정 할 수 있는 당신은
진정한 인격자입니다. 가정의 행복은 여인의 성스러운
인내가 만들어 갑니다. 인내하는 여인이여!
당신의 고귀한 품성에 신도 고개 숙여 경배합니다.
그 모습 진정 아름답습니다.

착한 아내를 가진 남편은 제2의 어머니를 가진 것과 같다.

– 영국 명언

My Friend

친구

친구야
눈을 다 가려도
난 좋아
네가 있으니

따뜻한 햇볕
등 뒤에서 들리는
네 목소리

언제나 웃을 수 있는
너와 난
영원한 단짝

My friend

Even if you cover my eyes
with your hands,
I like it.
Because you stay beside me.

A mild sunlight over our heads,
I can hear your voice
behind me.

Whenever we can smile
You and I are
best friends forever.

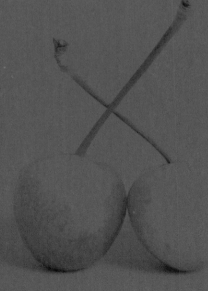

내 영혼을 담은 너여!
네 안에서 난 네가 되고 있나니
너가 나 인걸
너가 나 인걸

친구가 필요 없을만큼 잘난 부자는 없다.

– 프랑스 속담

늘 장난꾸러기 친구가 있습니다.
내 눈을 다 가리고서 이 세상을 읽어줍니다.
친구가 읽어주는 데로 살아가는 것이 너무나 행복합니다.

To.

From.

Your smile

너의 미소

어두움을 걷어내는
빛의 속삭임

네가 나에게 오는
가장 아름다운 길

삶의 최고의 향연

내 영혼을 깨워주는
다소곳한
생명의 노래

Your smile

Your smile is the whispering of light
that takes away my gloomy mood.

The most beautiful path.

It is the highest banquet of my life.
It is the modest and quiet life song
that wakes my soul.

당신의 인생을 황량하게 만드는 오직 한 가지 이유는
웃지 않는다는 것입니다.
그냥 웃으세요. 웃어보세요. 웃어집니다.
하하하 하하하 으하하하 으하하하하

웃을 수 있다는 건 여유롭다는 것이겠죠.
웃는다는 건 영혼이 맑다는 것이겠지요.

당신은 지금 웃고 계시는군요.

beautiful
Your smile

외모의 아름다움을 눈만을 즐겁게 하나
상냥한 태도는 영혼을 매료시킨다.

– 볼테르

To.

From.

Longing

그리움

그리워
그리다
그만
죽어도

그리워
그리다
그만
죽으리

쏟구쳐 오르는 당신에 대한 그리움
꺾고 꺾고 또 꺾고
그리고 꺾고 또 꺾어도

내려놓을 수 없는
이 행복한 고통이

죽음으로도
이길 수 없는
이 처절한 행복이

나를 나이게 하고
나를 키워갑니다.

My Daughter

딸아

철조망 너머에서 목 터지게 외치는
이 외로움의 절규를
너는 아느냐
너는 아느냐

무덤이 흘러내리고도
영혼이 흘러내리고도
아니 이 처절한 절규마저
짓이겨
가슴에 묻는

이 어미의 외침을
너는 아느냐
너는 아느냐

My daughter

Do you know the loneliness of this mother?
Do you know my solitude?

I cry out loud over the wire fence
because I am so alone.
Can you hear that crying?
Can you hear that crying?

If my grave was destroyed
If my soul was destroyed
No
Even if this crying destroys my heart
I will bury those tears in my heart
without a trace...
Can you hear my crying?
Can you hear my crying?

늘 기대고 싶습니다.
엄마니까

하지만 엄마의 가슴속에도
엄마의 엄마가 계시겠지요.
그리하여 외로움으로 누군가에게
기대고 싶어하는 마음이 한결같겠지요.

내 영혼의 안식처인
나의 어머니
어머니,
당신의 외로움도
읽어보고 싶습니다.

어머니!
모든 인간의 심성 저 깊숙이에서
오직 착함만은 뽑아 올린 영혼의 이름이여
거룩하신 당신의 삶 앞에 두 손 모아 경배하나니.
내 마음 속에서나마 영생하소서!

My daughter

하느님은 모든 곳에 존재할 수가 없었기 때문에
어머니들을 만들었다.

— 유대인

The Most Beautiful Poem

제**3**부 The Most Beautiful Poem

소중한 나의 삶이여

The House I am alone all Day

독락당

안개 속
외로움 벗 삼아
한나절 보내고도

고독이
그리워
오후를 맞이하고

인간의
모든 선함이
몰리어드는
저녁이면

아
나
홀로
웃으리

The house I am alone all day

In the mist while
I make friends with loneliness
I spend
half a day.

And I miss solitude
When I invite
the afternoon.

When it becomes evening,
while the goodness of human beings
gathers around me

Aha
I
alone
will smile

고독은 인간의 영혼을 위대하게 만듭니다. 자신과의 끊임없는 대화는
자신의 마음을 풍요롭게 살찌웁니다. 들여다 보세요.
가슴 속에서 평생 당신만 바라보는 당신의 가장 멋진 친구를!

이 세상의 모든 것이 내 것이고
이 세상의 그 무엇도 내 것이 아닌 것을...
웃음만이 처음부터 끝까지 내 것인 것을 오늘에야 절실합니다.
온종일 홀로 서 있어도 외롭지 않을 만큼
지혜로워지기를 갈망합니다.

To.

고독만큼 만족스러운 동반자를
발견한 적이 없다.

— HD 소로

From.

의미

빛이여!
소금이여!

아
황혼이여!

허공을 휘 젓는
나의 삶이여
나의 삶이여

Meaning

Meaning

Light!
Salt!

Aha
Twilight!

My life floats in the air
Oh! my life
my life

성공은 어렵지 않습니다.
아침부터 저녁까지 내가 해야 할 그것만 생각합니다.

하고 또 하고 하고 또 하고 해가 지기 전까지

하고 또 하고 하고 또 하고 해 봅시다.
인생의 황혼이 오더라도 허공을 휘 젓는 팔을
힘차게 들어올려 하고 또 하고 하고 또 하고
나의 삶은 내 가슴속에 의미를 새겨 줄 겁니다.
그래. 됐어.

무엇이든지 난 성공할 수밖에 없다.
일단 선택하고 나면 끊임없이 그것만 하고 있으면 되니까

성실보다 나은 지혜는 없다.

– 디즈레일리

Snow

눈

눈이 내리면
휘파람을 불자

하얀 눈 길 위에
발자욱이 찍히면
아 –
그
고요함

뒤돌아보고
또 보아도
아
그
깨끗함

내 마음도
길 가
어디에
묻어두고 싶다.

Snow

While the snow falls
Let's give a whistle.

On the white snow-covered road
I leave my footprints.

Look back at that road
and again look back
Aha
That road
is filled with purity.
I would like to bury
my heart
somewhere
on the road side.

당신의 맑은 음성 속에 당신의 투명한 영혼이 실려옵니다.
당신의 맑은 웃음소리가 내 영혼까지 맑게 깨워줍니다.
나도 더불어 지상에서 가장 순결한 사람이 되어가고 있습니다.

현명한 사람은 모든 것을 자신의 내부에서 찾고
어리석은 사람은 모든 것을 타인들 속에서 찾는다.

– 공자

To.

From.

The Castle

성

너의 마음속의 커다란 성이
나의 마음속의 조그만 성이

서로서로
마주보며
키재기 하제

작다고 낄낄대고
크다고 도란도란

그냥 하루 보내는 거지

크면 뭐할꼬
작으면 뭐할건데...?

The Castle

Let's measure the height of big castles
One is in your heart and
the other is in my heart.

As the castles stand face to face
The bigger smiles and says "you are small".
The smaller smiles and says "you are tall".

They laugh.

They spend a day
as if they have the biggest castle
in the world.
What would you do with that?
If you had the smallest castle,
What would you do with that?

You are only you
who needs nothing.
Therefore you are always happy.

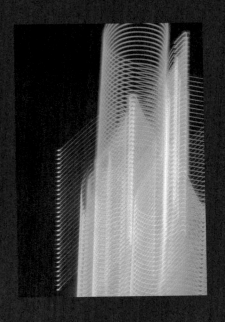

삶의 가치에 대한 판단은
자신의 가슴 속에 있습니다.
그 가슴속에서 이글거리는 삶에 대한 열정
자기를 사랑하는 사람만이
자기 삶의 가치 속에서
진정한 자유를 누릴 수 있습니다.

값없는 청풍명월은 절로 내 것 되었으니
남의 다른 부귀는 이 한 몸에 가졌구나
이 부귀 가지고 저 부귀 부럴소냐

— 박인노

무엇에든지 자기가 선택한 것에 미친 듯 매진하는 것이 삶에 대한 열정이겠죠. 실패는 없습니다. 오직 경험만 남을 뿐 나의 멋진 인생을 위하여!

The Castle

어떤 사람이 현명한 사람인가?
모든 것에서 무엇인가를 배우는 사람이다.
어떤 사람이 강한 사람인가?
자기를 억제하는 사람이다.

어떤 사람이 부자인가
자기의 분수에 만족하고 있는 사람이다.

– 탈무드

성공이란 그 결과로 측정하는 것이 아니라, 그것에 소비한 노력
의 총계로 따져야 할 것이다.

– 실러

세상에서 가장 아름다운 **시**와
영혼을 씻겨 줄 아름다운 **사진**이 들어있는

나만의 DIY 시집

글과 사진 · 바람꽃 | 번역 · Kelly Kim & 김일 | 감수 · 박일구

지식공감

prologue...

남편이 아내에게
남자친구가 여자친구에게

부모가 자녀에게 자녀가 부모에게 사랑의 마음을
전해보세요

존경하고 사랑하는 소중한 이의 이름을
그냥 써 보세요.
그냥 써보세요!
한 번 두 번 세 번 그리고 열 번 백 번...
간혹은 감탄사도 넣어서~~

최하얀 최하얀 최하얀 아! 최하얀 최하얀 최하얀
최하얀 아아! 최하얀 최하얀
아!!!
너로구나 최하얀 최하얀 하얀아 하얀아

얼굴을 그리며
그냥 이름만 죽 써보세요

날마다 사소하게 불렀던 이름이 시가 되고
사랑이 되고 그리움이 되어
가슴에서 살아 숨쉬기 시작합니다.

쓰고 있는 이의 마음이 훈훈해 집니다.
사랑이 넘실거립니다. 신비로움에 감싸이게 됩니다.
그냥 펜으로 고개 숙여
이름만 적고 있어도....

가만히 앉아서
고개 숙여 적고 있는 모습은 더 아름답습니다.

함께 행복해지고 온 세상이 사랑으로 넘쳐납니다.
미처 느끼지 못했던 소중함이
그 소중함이 마음을 설레이게 합니다.

살아있음에
아니 함께 살아가는 순간순간이
너무나도 행복합니다.

이 세상의 모든 행복을 맘껏 누리십시오.

오오 소중한 이의
이름 위에서...

| 차례 |

밤

바람 결에 휘감겨
말려 온
넌

달빛 속
별의 속삭임에
간지러지다

금새 싫증내고
햇님이 오기도 전
달음질치는

내 영혼의 활주로여!

한 줄 싯귀에
정신 팔린 내게
불멸의 애인이구나

The Night

밤은

평온과 함께 깊은 생각에 빠질 수 있는
인류에게 준 가장
큰 선물이라 생각합니다.

앙증맞은 밤은
잠시 생각에 잠기게 되면
어느새 아침에게 자리를 내어주고
도망가 버립니다.

어느 것도 다 내려놓고
오직 검은색으로 물들어
욕심의 부질없음을
날마다
가르치고
가르치고서...

달빛과 별빛과 만
이야기하다
줄달음치듯 도망가는
뒷모습에
늘
안타까움만 더해갑니다.

Autumn Mountain

가을산

이보다 더한 기쁨이 있을까
오색 찬연한 씨실이 되어
너울너울 춤추는
내 마음속의
왈츠

산 가득 고운 단풍 내 마음 홀리고
말 많은 산새조차 푸른 하늘 이고 와
바쁜 나 붙잡고 오도 가도 못하게 하네

Death

죽음

삶의 완성

내 무슨 욕심이 있겠소
일 년에 한 번 옷 갈아 주지 않아도 좋소

햇볕 들고 바람 일어
내 잔디
가만 가만
일렁여 주면
나 외롭지 않소

잠시
정신 잃고 헤메이던
저 머나먼 도시

이곳에 와 눕는 순간
난
인간이 되었소

새 소리 즐겁고 갈대의 왈츠
내 기억의 그리운 얼굴
모든 것들이 내 곁에 있어
덧없는 행복함이
내 여기 눕는 순간
내게로 왔소

또 하나의 행복
내 무덤가의
끝없는 고요

Death

The completion of life

I have no desire
I'm fine without buying new clothes
only once a year

I don't feel lonely
When sunshine lights on me
and wind blows the grass

Oh that faraway city
Where I wandered faintly.

I became a human being
When I came to lay here.

Merry birds sing, waltz of reeds
missing faces in my memory.
Everything is by my side.
Endless happiness came to me
When I came to lay here.

Another happiness
It is endless silence
around my tomb.

To.

From.

매 순간

난

나로 살아가는가?

그리하여

난

진정 행복한가?

나만의 DIY 시집

초판 1쇄 2013년 5월 8일

지은이 바람꽃
발행인 김재홍
편집기획 권다원, 이은주
마케팅 이연실

발행처 도서출판 지식공감
등록번호 제396-2012-000018호
주소 경기도 고양시 일산동구 견달산로225번길 112
전화 031-901-9300
팩스 031-902-0089
홈페이지 www.bookdaum.com

가격 10,000원
ISBN 978-89-97955-58-9 03810

CIP제어번호 CIP2013001849
이 도서의 국립중앙도서관 출판시 도서목록(CIP)은
e-CIP 홈페이지(http://www.nl.go.kr/ecip)에서 이용하실 수 있습니다.